VENTE FOSSÉ-D'ARCOSSE

TABLEAUX

OBJETS D'ART

ET DE CURIOSITÉ

VENTE les Lundi 21 & Mardi 22 Novembre 1864

Mᵉ **CHARLES PILLET**, Commissaire-Priseur ;

M. FEBVRE, Expert.

RENOU ET MAULDE

IMPRIMEURS DE LA COMPAGNIE DES COMMISSAIRES-PRISEURS

Rue de Rivoli, 144

CATALOGUE

D'OBJETS D'ART

ET DE CURIOSITÉ

PARMI LESQUELS

LE SABLIER D'HENRI II

Plusieurs Objets ayant appartenu au Régent,
à Louis XV, Louis XVI, Marie-Antoinette, le Dauphin
et le Comte d'Artois ;

IVOIRES, MARBRES & BOIS SCULPTÉS

Bronzes d'art et dorés ; Porcelaines diverses ; environ cent
Miniatures ; Bijoux anciens ; Émaux ; Médailles ;
Belles Gravures avant la lettre et Objets divers ;

COLLECTION DE TABLEAUX DE DIVERSES ÉCOLES

Gouaches, Dessins, Gravures anciennes ;

DONT LA VENTE AUX ENCHÈRES PUBLIQUES AURA LIEU

PAR SUITE DU DÉCÈS DE

M. FOSSÉ-D'ARCOSSE

RÉFÉRENDAIRE HONORAIRE A LA COUR DES COMPTES

HOTEL DES COMMISSAIRES-PRISEURS

Rue Drouot, n° 5

SALLE N° 4

Les Lundi 21 & Mardi 22 Novembre 1864

A UNE HEURE ET DEMIE TRÈS-PRÉCISE, LA VACATION ÉTANT CHARGÉE.

Par le ministère de **Me Ch. PILLET**, Commissaire-Priseur,
rue de Choiseul, 11,
Assisté de M. **FEBVRE**, Expert, rue Laffitte, 12,
Chez lesquels se distribue le présent Catalogue.

EXPOSITION PUBLIQUE

Le DIMANCHE 20 Novembre 1864, de une heure à cinq heures.

PARIS — 1864

CONDITIONS DE LA VENTE

Elle se fera au comptant.

Les adjudicataires paieront CINQ centimes par franc, applicables aux frais

DÉSIGNATION

DES OBJETS

—‹‹‹◦›››—

Pièces diverses ayant appartenu à Henri II, le Régent, Louis XV, Louis XVI, Marie-Antoinette, le Dauphin Louis XVII et le comte d'Artois.

1 — Le Sablier de Henri II.

Il est soutenu par cinq colonnettes en or et en nacre; le milieu du verre est entouré par une corde en vermeil formant torsade; aux extrémités sont deux médaillons en nacre gravé; l'un représente le portrait en buste de Henri II avec cercle sur lequel sont les lettres suivantes : HR. FR; l'autre, l'écusson aux armes de France. Deux lettres jointes à ce précieux bijou constatent son origine. Il fut longtemps la propriété de M. Lelong, inspecteur des services de la maison du Roi, mort à Versalles, en 1832, à l'âge de 104 ans.

L'étui, fort curieux et en parfait état, est en cuir gaufré, avec écussons fleurdelisés en or, encadrés de bandes saillantes.

2 — Cravache ayant appartenu à la reine Marie-Antoinette. La poignée, en ivoire, renferme un petit flacon à odeur.

Cette pièce a été donnée à M. Fosse-Darcosse par l'huissier du cabinet de Mesdames.

3 — Petite lanterne en papier et nacre, avec ornements en argent, ayant appartenu à la reine Marie-Antoinette.

Même provenance que la cravache.

4 — Le marteau de Louis XVI, dauphin. Pièce en fer forgé et ciselé, avec dauphins et L entrelacés.

5 — Petit modèle de vaisseau en ivoire, offert à Louis XVI en 1786, par les marins de Cherbourg.

6 — Petit fusil du Dauphin, Louis XVII, conservé par M. Lelong.

7 — Trois boucles de jarretières et de ceinture de deuil ; dans les chappes sont les trois lettres à jour L. R. F. ; donnés par Lebel fils, valet de chambre de Louis XV.

8 — Médaillon en nacre, représentant le buste de Louis XV, chef-d'œuvre signé Durand. Ce portrait a été offert au monarque après la bataille de Fontenoy.

M. le marquis de Chenevière, dans sa Notice sur les Sculpteurs en ivoire, page 37, fait le plus grand éloge de cette pièce.

9 — Râpe à tabac du Régent, en ivoire sculpté,
orné du sujet de Mars et Vénus. Elle porte
les armes de la maison d'Orléans.

10 — Fragment d'un étui en ivoire ayant appartenu
à Marie-Antoinette, donné par Cléry.

12 — Couteau de poche du comte d'Artois, depuis
Charles X, donné par le prince à M. Lelong.

MARBRES SCULPTÉS ET MATIÈRES DURES

13 — Buste d'Apollon, ancienne et belle reproduc-
tion d'après l'antique. Marbre.

14 — Buste antique de Saturne.   Id.

15 — Boîte à onction, sculpture gallo-romaine.   Id.

16 — Buste de Napoléon Ier.   Id.

18 — Deux petites pyramides en porphyre et en
granit.

19 — Portrait de Rabillon, peinture.

20 — Boîte en lave sur marbre.

IVOIRES

21 — Diptyque gothique, ivoire sculpté, quatre figures
de saints sous des niches ogivales.

22 — La Vierge, Jésus et deux Saints, bas-relief gothique.

23 — Marque à jeu de l'époque de Louis XIV.

24 — Boîte à piment.

25 — Manche d'ombrelle, travail chinois.

26 — Sept statuettes chinoises en bois, ivoire et pâte de riz.

26 bis — Petit couvert chinois en ivoire, et couteau à papier sculpté.

27 — Six tabatières diverses, en écaille et en ivoire.

28 — Petit Souvenir Louis XVI, ivoire et or, avec miniature.

29 — Boîte à poudre, en bois incrusté d'ivoire; Henri IV.

30 — Joli petit gobelet en ivoire; autour une chasse.

31 — Cachet ivoire.

32 — Bas-relief en ivoire gothique.

33 — Environ vingt pièces en ivoire sculpté, statuettes, bustes, cachets, couteaux, boîtes, éventails, etc. Seront divisés.

BOIS SCULPTÉS

34 — L'Amour domptant la Force, par Van Obstal.

35 — La Vierge et l'Enfant Jésus.

36 — L'Enlèvement de Proserpine, groupe.

37 — Poignée de sceau en buis sculpté, les faces ornées de personnages et de sujets religieux.

38 — Sainte Monique et saint Augustin, statuettes.

39 — Tête d'Ange et statuette chinoise.

40 — Une Folie.

41 — Empereur japonais, statuette en bois doré, cabinet de Bruges.

42 — Râpe à tabac sculptée par Guité, 1718.

43 — Deux petits bustes en buis sculpté. Travail Louis XIII.

TERRES CUITES

44 — Nymphe couchée près d'une urne, par Marin.

45 — Bacchante, Faune et Satyre, groupe attribué à Marin.

46 — Figurine allégorique de la Loi, par Gois, 1783.

47 — Deux figurines, paysan et paysanne.

48 — Ancien jeu d'échecs.

ÉMAUX DE LIMOGES ET AUTRES

49 — Plaque en couleur, par Laudin. Saint Pierre, priant.

50 — Plaque en émail de Genève. Un concert.

51 — Plaque russe en cuivre émaillé. Saint Nicolas.

52 — Plaque émail en couleur, par J. Laudin ; saint Martial priant.

53 — Par le même, Coupe ; au centre la Vierge, Jésus et saint Jean.

54 — Petit médaillon en émail de Limoges, Paysan près d'un arbre.

55 — Coupe à couvercle en émail chinois.

56 — Plaque en émail de couleur, Écusson armorié

57 — L'Age d'or, émail moderne.

BIJOUX

58 — Montre Louis XVI, en or à deux tons.

59 — Plat en argent repoussé.

60 — Bague en or, le chaton avec petite médaille du roi de Rome.

61 — Bague or, avec le portrait de Buonaparte, premier consul. Biscuit de Sèvres.

62 — Trois autres bagues ayant trait à la naissance du duc de Bordeaux.

63 — Petite boîte à mouche en or.

64 — Mosaïque de Rome montée en broche.

65 — Pastille du sérail montée or.

66 — Bague or, avec grisaille, attribué à Dégaud.

67 — Autre bague avec le portrait de Gustave III.

68 — Un écu en or aux armes de France et d'Angleterre.

69 — Camée en agate à trois couches, offrant les portraits de Louis XVI et de Marie-Antoinette, cercle en or.

70 — Bague en or avec sardoine intaille, représentant les portraits de Napoléon Ier, Marie-Louise et le roi de Rome, gravée par Simon, graveur de l'Empereur.

71 — Deux bagues et un Pélican en argent. Pièces
antiques.

72 — Orphée, figurine en corail.

73 — Rinceau de meuble, avec le Triomphe de
Vénus, corail. Travail italien.

BRONZES D'ART ET BRONZES DORÉS

74 — Deux statuettes, un enfant jouant de la flûte,
un autre du triangle. Bronzes époque de
Louis XV.

75 — Hercule debout tenant sa massue. Bronze italien.

76 — Groupe de Vénus et l'Amour. Bronze florentin.

77 — Le Jour et la Nuit, groupe en bronze doré,
époque de Louis XVI.

78 — Patère d'après l'antique, au centre, sujet my-
thologique.

79 — Porte-calendrier et thermomètre, bronze,
Empire.

80 — Saint Vincent, la Vierge et l'Enfant Jésus;
plaques en bronze.

81 — Trois pièces antiques, statuette d'Osiris, un
danseur et une lampe romaine.

82 — Enfant debout, antique.

83 — Deux petits vases japonais avec Pélicans en re-
lief.

84 — Deux clefs antiques romaines.

85 — Une croix de chambellan, un petit bas-relief et deux médailles.

86 — Deux bas-reliefs, l'adoration des Mages et un sujet romain.

87 — Petit carillon Louis XIV.

88 — Petite sonnette.

89 — Sept pièces diverses, bronzes romains antiques.

90 — Lampe antique romaine.

91 — Deux divinités indiennes.

92 — Orphée jouant de la lyre et un des travaux d'Hercule; plaques.

93 — Panthère, par Mène.

94 -- Lionne, pendant, par Mène.

95 — Bacchus enfant et saint Jean.

96 — Deux cigognes, par Pascal.

97 — Grosse mouche sur socle.

98 — Petite coupe, Empire.

99 — Hercule debout, statuette Louis XV.

100 – Apollon debout, statuette Louis XV.

101 — Louis-Philippe et sa famille, deux médaillons.

102 — La prise du Louvre, deux médaillons.

103 — L'adoration des Mages, plaque.

104 — Sujet romain, plaque.

105 — Petit couteau, époque de Louis XIV.

106 — Petite sonnette.

107 — Boîte à musique, travail allemand.

108 — Pendule Louis XVI de forme carrée, avec co-
lonnes cannelées oves et nœud, le socle en
marbre blanc.

109 — Deux bras appliques en bronze doré, trois lu-
mières; branches à aigles éployés.

110 — Deux chenets, pelle et pince en fer forgé de
l'époque de Louis XIV.

111 — Deux chenets Louis XVI, en bronze doré, avec
vases et pendentifs.

112 — Deux flambeaux Louis XVI, bronze doré.

113 — Plusieurs paires de flambeaux, girandoles,
bouts de table et bougeoirs en cuivre ar-
genté; pièces de diverses époques.

114 — Cartel Louis XVI, avec vases et pendentifs de
fleurs.

115 — Deux candélabres en bronze, de l'époque du
Directoire; femmes ailées soutenant six lu-
mières.

116 — Pendule en bronze. Empire, femme soutenant
le cadran.

117 — Deux vases Empire en bronze doré.

MÉDAILLES, MÉDAILLONS EN BRONZE, ÉTAINS & PLOMBS

118 — Médaille de Louis XIV, frappée à l'occasion de
la révocation de l'édit de Nantes, 1686, par
Bertinet.

119 — Médaille d'huissier d'honneur à l'Assemblée nationale.

120 — Une autre : Service de la salle de la Convention.

121 — Plaque des membres de l'Assemblée législative 1789, avec une médaille du Conseil des Cinq Cents.

122 — Médaille de l'époque de la République.

123 — Diverses médailles et médaillons.

124 — Deux clichés, Charles X et le duc de Bordeaux.

125 — Médaille en bronze de la bataille de Marengo. Très-beau cadre en bois sculpté.

126 — Deux épreuves du grand sceau de la couronne, Louis XVIII. Plombs.

127 — Deux autres, le sceau de l'empire sous Napoléon Ier.

128 — Deux médaillons en plomb, la prise de la Bastille et la fédération.

130 — Deux médaillons en étain par Duvivier, les bustes de Louis XVI et de Marie-Antoinette.

131 — La pagode de Chanteloup par Spits. Plomb.

132 — Buste de Sénèque, plomb par Varin.

133 — Deux médaillons en bronze, le Sacrifice de Jephté et le Jugement de Salomon.

134 — Médaillon russe en argent, d'un côté saint Michel, de l'autre la Vierge et Jésus.

135 — Diptyque russe.

136 — Petit plat en étain attribué à Briot.

ARMES

137 — Dos de cuirasse provenant du château de Join-
ville, présumée avoir fait partie de l'armure
de Charles de Lorraine, duc de Guise ;
très-richement gravé en champlevé.

138 — Épée de cérémonie Louis XVI, la poignée en
argent ciselé en pointes de diamant.

139 — Couteau de chass·, lame à jour gravée et do-
rée, la poignée en ivoire, aux armes de
France et de Bourgogne.

140 — Poignard oriental, fourreau argent.

141 — Devant de cuirasse avec croix.

142 — Un bouclier en fer gravé.

143 — Masse d'arme à ailerons en fer forgé.

144 — Bouclier en acier gravé, au centre, la statue
équestre de Louis XIV, autour, frise fleur-
delisée.

145 — Flissah marocain

146 — Epée de deuil en acier bruni.

147 — Arme malaise formée par deux cornes d'antilope.

148 — Un casse-tête indien, arc et flèches.

PORCELAINES DIVERSES

149 — Petit brûle-parfums en pâte tendre de Sèvres,
fond gros bleu avec cartels d'oiseaux, monture bronze doré.

151 — Trois tasses en Sèvres pâte dure.

152 — Une autre, pâte tendre, décorée de fleurs.

153 — Pot à crème en Sèvres.

154 — Petit vase à thé en vieux Saxe.

155 — Deux chimères en blanc de Chine.

156 — Grande corbeille en vieux Saxe, anses à mascarons, terrasse en bronze doré.

157 — Deux vases en vieux Saxe avec figures dans des paysages, monture bronze doré.

158 — Figurine en ancien Saxe, danseuse.

159 —   Id.   Petite Bouquetière.

160 —   Id.   l'Enfance de Bacchus.

161 —   Id.   Villageoise tenant un oiseau.

162 — Figurine en ancien Saxe, petit marquis.

163 — Grand plateau à anses, en ancien Saxe.

164 — Petite statuette sur socle turquoise en pâte tendre.

165 — Manche de canne en porcelaine de Chantilly.

166 — Groupe en biscuit tendre, les quatre Saisons.

167 — Neuf pièces en biscuit de Sèvres, portraits, figurines, etc.

168 — Sucrier en pâte tendre de Chantilly.

169 — Plat à barbe en porcelaine de Chine.

170 — Deux cornets en Japon.

171 — Deux potiches en Japon, monture en bronze doré.

172 — Chimère chinoise.

173 — Chimères en porcelaine de Chine.

174 — Six pièces en pierre de lard, figurines et serre-papiers.

175 — Deux figurines en céladon.

176 — Deux petits singes en céladon, à langues mobiles.

177 — Huit plats et deux tasses en porcelaine de Chine et du Japon.

178 — Jatte avec couvercle et plateau, avec sujets en grisaille.

179 — Encrier et boîte à poudre avec plateau en vieux Saxe ; très-beau décor avec médaillons à sujets dans la manière de Watteau.

180 — Deux coupes en Sèvres à fleurs, monture en bronze doré.

OBJETS DIVERS

181 — Cabinet Louis XIII en ébène, l'intérieur avec treize tiroirs, le dessus se lève et laisse voir deux peintures de l'école flamande ; Jésus et la Vierge entourés d'une guirlande de fleurs.

182 — Ancien miroir Louis XIII, cadre en velours et argent repoussé.

183 — Petite assiette en faïence de Delft.

184 – Autre assiette, fabrique de Gubbio, avec sujet de Pyrame et Thisbé.

185 — Pied de chandelier en cristal de roche ; travail chinois.

186 — Deux chimères en cristal de roche.

187 — Mosaïque de Rome, paysage, encadrement en or.

188 — Petite figurine de Napoléon en argent, et la statuette de Louis XVIII en or.

189 — Petite boîte à musique ; travail allemand.

190 — Mosaïque de Florence, oiseaux et papillons.

191 — Un verrou du château d'Anet.

192 — Oiseaux chinois.

193 — Tasse et sa soucoupe en cristal taillé. Monture en bronze doré.

194 — Deux vases étrusques antiques.

195 — Deux petites burettes en verre de Venise

196 — Médaillon flamand en cuir gaufré.

197 — Petit médaillon en cire.

198 — Clef de chambellan.

199 — Boîte en agate, en spath-fluor, or bas.

200 — Peinture russe et fixé. Vue de la place Louis XV; Lebel.

201 — Un lot de camées, pierres intailles.

202 — Baromètre en acajou.

203 — Boîte en cuivre avec le portrait du grand Frédéric.

204 — Deux petits reliquaires des dames de l'ort-
Royal-des-Champs.

205 — Flacon, petit cadre et parure suisse en filigrane
d'argent.

206 — Beurrier, plateau et couvercle en verre de
Bohème.

207 — Cinq verres de Bohème, dont quatre gravés.

208 — Deux médaillons en plâtre ayant trait à l'his-
toire de la Révolution.

209 — Fragments d'appliques en cuivre, cachets en
fer, petit vase en agate, boîte en bronze,
boucles d'oreilles, petit flacon, boussole,
clef, couteaux et poignards, tabatières-
coquille, montre argent, bijoux normands
et d'autres objets, seront vendus sous ce
numéro.

210 — Petit médaillon en verre coulé creux, représentant l'exécution de Louis **XVI**.

211 — Petit bas-relief en albâtre.

212 — La Descente de croix, en albâtre.

213 — Petit autel romain, hache gauloise et poterie
romaine. Seront divisés.

214 — Lacrymatoire.

215 — Petit coffret et coupe en laque de Chine.

216 — Quatre divinités égyptiennes en pierre et terre
émaillée.

217 — Quantité de coquilles, madrépores et fos-
siles.

MINIATURES SUR IVOIRE ET SUR VÉLIN

218 — François Humières, maréchal de France.

219 — Pierre Corneille.

220 — Rosalie Duthé.

221 — Louis Racine.

222 — Le duc du Maine.

223 — Rancé de Bouthilier, réformateur de la Trappe.

224 — Louis d'Orléans, fils du Régent.

225 — Marchault d'Armonville.

226 — Le maréchal de Contade.

227 — Charles de Bourbon, comte de Charolais.

228 — Le comte de Buffon.

229 — Le duc de Penthièvre.

230 — Caillava, académicien.

231 — J. Francois Lapérouse.

233 — De Boze, académicien.

234 — Mandat, commandant de la garde nationale, 1792.

235 — Portrait de Cromwell.

236 — Marie Stuart. Ancien vélin.

237 — Mme de Pompadour.

238 — Henriette de Carignan, mère de la princesse de Lamballe.

239 — La princesse de Lamballe, par Hall.

240 — Dame et enfant dans un parc.

241 — Louis XV.

242 — Dame de l'époque de Louis XVI tenant un chien.

243 — La princesse de Conti.

244 — Jeune fille, attribuée à Mlle Ledoux.

245 — Le comte Dehault.

246 — Dame de la cour du Régent, par Massé.

247 — Femme et enfant, par Prud'hon.

248 — Rubens, par Augustin.

249 — Guadet, conventionnel.

250 — Suart, de l'Académie française.

251 — Sir Joseph Bancks.

253 — Mme Lebrun, née Vigée.

254 — Buste de femme par Mlle Girard.

255 — La princesse Pauline Borghèse, par Isabey.

256 — Rabaut Saint-Etienne, décapité en 1793.

257 — Le czar Alexandre Ier.

258 — Napoléon Ier.

260 — Portrait de Mme De Mirbel, par Aubry, 1824.

261 — Charles X, par Mme de Mirbel.

262 — La reine Marie-Antoinette.

263 — Environ quarante miniatures de personnages illustres de diverses époques seront vendues sous ce numéro.

264 — La Madeleine priant. Miniature sur vélin, d'après Lebrun. Charmant petit cadre en bronze doré.

265 — L'archange Michel terrassant le démon. Vélin, École italienne.

266 — Vénus et Adonis et Mars et Vénus. Deux pendants. Peintures sur porcelaine.

267 — Berger et bergère.

268 — Pan et Syrinx et Baigneuses. Fixés.

269 — Fleurs et fruits sur ivoire.

270 — Jeune Femme et Perroquet, et jeune Femme et Page.

271 — Dessus de boîte, vernis Martin.

272 — Trois fixés, genre de Demarne.

273 — Jupiter et Léda; attribué à Charlier.

274 — Vénus et l'Amonr.

275 — La Madeleine. Vélin.

MINIATURES A L'HUILE

276 — Vélasquez.

277 — Anne d'Autriche.

278 — Le comte de Pontchartrain, chancelier de France.

279 — L'amiral comte de Tourville.

280 — Soufflot le Romain.

281 — Sagon, médecin de Louis XIV.

282 — Sept miniatures sur cuivre. Seront divisées.

ÉMAUX

283 — Portrait de Louis XIV.

284 — Jeune officier sous Louis XVI.

TABLEAUX ANCIENS & MODERNES

DESSINS ET AQUARELLES

285 — BACKHUYSEN (d'après). Marine.

286 — BOUCHER (François). Amours préparant leurs armes.

287 — BOURGEOIS. Paysage avec cours d'eau. (Aquar.)

288 — BREUGHEL (Ecole de). Bohémiens près de ruines antiques.

289 — BRUANDET. Paysage avec rivière.

290 — COLIN, 1820. Femme et enfants dans un paysage. (Aquarelle.)

291 — CALLOT (Attribué à) Deux vues de Paris : Le Vieux Louvre et la Tour de Nesle.

292 — CAPET (Mlle Zoé). Bélisaire.

293 — CRÉPIN. Paysage avec baigneuses.

294 — Le Matin et le Soir.

295 — DAUZATS, 1836. Valence (Espagne).

296 — DEBOCQ Soldat philosophe. (Aquarelle.)

297 — DEMACHI. L'Abreuvoir.

298 — DÉGAULT. Enfants. (Grisaille.)

299 — DETROY, père. Dame de la cour du Régent.

300 — DESPORTES. Oiseau mort. (Aquarelle.)

301 — DESFRICHES. Deux paysages. (Dessins.)

302 — FRANCK (S.). La Présentation au Temple.

303 — FRANCK. Le Christ flagellé.

304 — FORBIN (le comte). Ruines de monastère.

305 — GILLEMANS. Guirlande de fruits et de fleurs entourant un médaillon, avec sujet de Bacchus et Ariane.

306 — GOSSE. Amour vendangeur.

307 — GUÉRIN. Dédale et Icare.

308 — DE HEEM (Ecole de). Fruits sur une table.

309 — HORREMANS. Un Concert.

310 — Le Pédicure.

311 — HUET. Animaux dans des paysages. (Dessin.)

312 — HUET (Genre de). Berger et moutons.

313 — HUE. Paysages, marines. Deux pendants.

314 — LAAN. Paysage, effet de neige. Gouache.

315 — LATOUR (Genre de). Tête de jeune femme.

316 — LAWRENCE. Intérieur, trois figures.

317 — LANCRET (D'après). Causeries galantes.

318 — LEPRINCE. Jeune villageoise. (Aquarelle.)

319 — Concert dans un parc.

320 — LENHNER. Animaux au repos. (Aquarelle.)

321 — LESTANG (de). Deux Amants chez un astrologue.

322 — LOO (Van). La Sculpture.

323 — MIDI. Hussard en bonne fortune.

324 —· NICOLLE. Une vue de Naples. (Aquarelle.)

325 — Une vue de Rome.   (Id.)

326 — OMMÉGANCK (D'après). Moutons et chèvre.

327 — OUDRY. Oiseaux. Sanguine.

328 — PALAMÈDES. Choc de cavalerie.

329 — PANNINI. Ruines antiques.

330 — PORBUS (D'après). Henri IV.

331 — ROBERT (Hubert). Parc de Trianon.

332 — Intérieur de parc. Gouache.

333 — SAUVAGE. L'Étude. (Grisaille.)

334 — STORELLI. Deux paysages. (Gouaches.)

335 — SWEBACK. Cavaliers. Deux pendants.

336 — TAUNAY. (Exposition de l'an x). Jeune fille
        effrayée par une ourse.

337 — THENOT, 1843. Paysage suisse.

338 — VALAYÉ COSTER. Peintures sur marbre, imita-
        tions de bas-reliefs en bronze : L'Amour
        dans un char et Amours jouant avec une
        chèvre.

339 — VERNET (D'après). Waterloo.

340 —   Id.   Cascatelles de Tivoli.

341 — VILLERS (de). Vaches au pâturage.

342 — ÉCOLE FRANÇAISE. Paysage avec figures.

343 —   Id.   Étude académique.

344 —   Id.   Le Retour du jeune Tobie.

345 — ÉCOLE FRANÇAISE. Moines en adoration devant
la Sainte Famille. (Dessin.)

346 — Id. Fleurs.

347 — Id. Dame de l'époque de Louis XIV.

348 — Id. Dame de l'époque de Louis XV.

349 — Id. Dame de la cour de Louis XIV.

350 — ÉCOLE ALLEMANDE. Deux Têtes de vieillards.

351 — Id. Autre tête.

352 — ÉCOLE FLAMANDE. Paysage avec chaumière.

353 — INCONNUS. Paysage boisé.

354 — Id. Deux paysages, effet de neige.

355 — Id. Deux paysages.

356 — Id. Trompe-l'œil.

357 — Deux têtes de femmes, peintures sur cuivre
de l'Ecole italienne.

358 — Portrait d'un doge, au revers sujet caché à
dessein : Nymphe et Amour.

351 — Femme nue. Aquarelle.

352 — ÉCOLE MODERNE. Paysage avec figures. (Aquar.)

353 — Id. Berger et bergère.

554 — Id. Couple amoureux.

355 — Id. L'Abreuvoir.

GRAVURES

356 — La Promenade au Palais-Royal par Debucour. Épreuve coloriée.

357 — Le Chevalier de la Mort et la Mélancolie par Albert Durer.

358 — DREVET d'après Rigaud. Louis XIV.

559 — DISSARD d'après Raphaël. La Transfiguration. Avant la lettre.

360 — CALLOT. La Tentation de saint Antoine.

361 — BALECHOU. Sainte Geneviève. Avant la lettre.

362 — PORPORATI d'après SANTERRE. Suzanne au bain. Avant la lettre.

363 — MASSARD d'après RAPHAEL. La Vierge au linge.

364 — MASSARD d'après RAPHAEL. Sainte Cécile.

365 — MERCURI d'après P. DELAROCHE. Sainte Amélie. Avant toute lettre.

366 — LIGNON d'après RAPHAEL. La Vierge aux poissons. Avant toute lettre.

367 — BERVIC d'après RAPHAEL. Saint Jean. Avant la lettre.

368 — EDELINCK d'après LEBRUN. La Madeleine.

369 — MOREAU le jeune. Le Sacre de Louis XVI.

370 — Le Prosternement et le Festin du sacre de Louis XV.

371 — Plusieurs gravures d'après GREUZE, WATTEAU et autres.

372 — NICOLLET d'après GUERCHIN. La Vision de saint Jérôme, Avant la lettre.

373 — DESNOYERS d'après RAPHAEL. La Vierge au donataire. Lettre grise.

374 — Une sainte Cécile. Avant toutes lettres.

375 — D'après LÉONARD DE VINCI. La Vierge au rocher.

376 — Eau-forte d'après LUCA GIORDANO par DE VON. L'Adoration des bergers.

377 — Eau - forte par BLANCHARD. Les Sabines de David.

378 — Dessins, gravures contenues dans un même cadre.

379 — Planche gravée sur bois. OEuvre d'ALBERT DURER, 1501. Le Jugement dernier.

380 — Carte faite par le général Démars qui la présenta au Directoire, elle a trait aux campagnes de Kellerman.

381 — Sous ce numéro, les objets omis.

RENOU et MAULDE, imprimeurs de la Compagnie des Commissaires-Priseurs, rue de Rivoli, 144.   35937